Direção Editorial
Thais Mesquita
Editor Assistente e Projeto Gráfico
Leandro Chagas
Preparação de Texto
Vilto Reis
Revisão
Patrini Ferreira
Ilustrações de Capa e Guarda
Daniella Salamão
Ilustrações Internas
Michel Oliveira
Designe de Capa
Marcos Pallas
Diagramação
Fernando Flora
Impressão
Gráfica Viena

Dados Internacionais de Catalogação na Publicação (CIP)
CBL - SP - Brasil

Prado, Larissa
Ecos de Melancolia / Larissa Prado. -- 1ª Edição -- Mariana, MG: Izyncor, 2023.

ISBN: 978-65-85460-00-2

1. Ficção brasileira 2. Ficção de suspense
I. Título

23-149015 CDD-B869

Índices para catálogo sistemático:
1. Ficção de suspense : Literatura brasileira

Izyncor *Editorial e Social Network* LTDA
Rua Ásia, 138, Mariana-MG
35422-412
www.izyncor.org

Ecos de Melancolia

Larissa Prado

Caro leitor,

A escolha do primeiro original para publicar foi desafiadora. Queríamos uma história de terror que respeitasse o gênero, afinal, escrever terror não é simplesmente "escrever": é estudar emoções e transcrevê-las de forma incômoda e assustadora. É ir além do provocar medo e angústia. Assim como um farol para aqueles que navegam na escuridão, lembrei-me da autora Larissa Prado que, com maestria, nos faz seguir tortuosas pistas feitas da mais incerta matéria.

Desde meu primeiro contato com Prado, em *Balé das Aves Mortas,* soube ter encontrado uma das minhas autoras favoritas. Após construir nossa relação com personagens que queremos abraçar e levar para casa, Larissa brinca com nossas emoções, expondo-os a situações desconfortáveis e aflitivas, nos obrigando, por vezes, a dar dois passos atrás para entender nossos sentimentos.

Em *Ecos de Melancolia* nossas emoções e estado de espírito variam como em uma montanha-russa sorumbática na qual os finais nem sempre podem encaixar em nossas expectativas. Diante de tamanha noção de realidade construída, não é certo que finais felizes simplesmente se encaixem às nossas expectativas. A vida não é assim, certo? O terror não amedronta e assusta pela fantasia, mas por nos conectar a possíveis realidades.

Com ousadia, afirmamos: nosso primeiro trabalho para o mundo ecoa além de um livro. Estamos orgulhosos por reunir a escritora Larissa Prado e os artistas Daniella Salamão e Michel Oliveira nessa produção. Contamos, ainda, com a crítica do professor e escritor Vilto Reis e a revisão da doutora em estudos literários Patrini Ferreira.

Para reforçar o impacto, os elementos gráficos se conectam com o tema principal. Afinal, a união de formas artísticas provoca estímulos diferentes e possibilita a construção ímpar para a imersão nessa atmosfera densa e caótica de um distúrbio psicológico.

Domina-nos uma sensação além de felicidade. Desde nosso primeiro passo, as mudanças reconhecidamente necessárias durante o caminho culminaram em um material que nos permite um vislumbre de nosso alcance e nos enche de satisfação.

Desejo que Larissa Prado consiga marcá-los durante a leitura da mesma forma que me marcou. Pois Izyncor pretende entregar isto: momentos cheios de significados, ótimas leituras, experiências peculiares, visuais dignos de coleções e qualidade inigualável.

Thais Mesquita
Direção Editorial
Izyncor

Dedico este livro aos meus irmãos
e a Daniella Salamão.

Se a tristeza tivesse uma cor...

Tudo indica que o termo "blues" deriva de *blue devils*, expressão associada à depressão e à melancolia patológica na velha Europa. Em fase germinal, o *blues* vocalizou dores, angústias e tragédias sociais individuais dos negros escravizados e discriminados no Novo Mundo.

Richard Williams (*Kind of Blue*).

De volta para casa

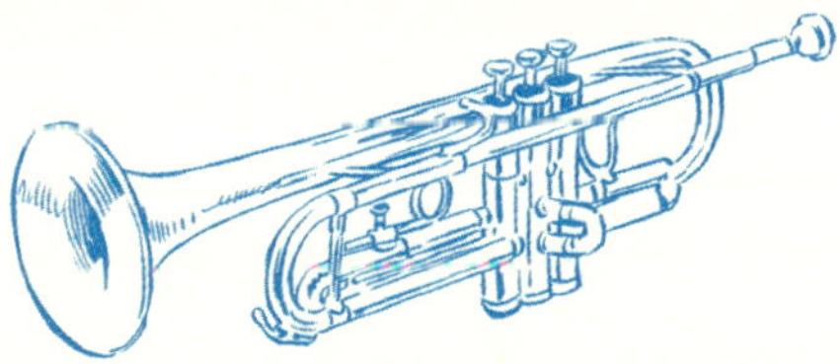

Depois do táxi ir embora, fico parado em frente à casa antiga ouvindo o que ela pode dizer. O silêncio é outra forma de manifestação da passagem do tempo, pois toda voz se cala em algum momento. Se o passado não assombra, isso representa um tipo de morte. Todos nós precisamos ser assombrados; melhor do que o nada que se instala. Não se lembrar da própria história é despencar no vazio da existência.

Ao entrar na casa, percebo que nunca a deixei de verdade. As vigas e a infraestrutura da construção, assim como meus ossos, sentem o passar do tempo. Os anos impressos mostram como o passado é implacável. As lembranças são iguais a madeiras apodrecidas e tijolos esfarelados: paredes descascadas denunciam a atuação do tempo; a madeira não resiste às ações da chuva e se deteriora devagar.

Nesta casa, agora resumida à poeira e insetos, vivi os melhores anos da vida: a infância e parte da adolescência. Apesar de solitária, fui uma criança feliz. Com o tempo, me transformei nesse homem parasitário de mim mesmo, drenando a própria energia em atitudes autodestrutivas. Tão desgastado quanto o bolor que mancha a pintura da cozinha.

Dizem que a vida é um eterno recomeço. Discordo. Ela se parece com o resto da minha antiga casa, escombros jogados e varridos pelo tempo, fragmentos ornamentais que foram importantes um dia, mas não são mais.

Não sei até que ponto minha história e a deste lugar se misturam. Nem parece que se passaram vinte anos. Na árvore, ainda escuto o som do balanço de pneu feito pelo último namorado de Linda. Minha referência materna era uma tia por parte de mãe. A mulher me criou com dificuldade junto aos cinco filhos reais. Devo a ela a devoção por música.

Aos fins de semana, escutávamos Miles Davis no rádio da sala, antes do jantar ou enquanto comíamos. O som trazia uma espécie de cortina capaz de cobrir nossos sentimentos e nos levava embora do corpo, sem poder de reação. Ficávamos jogados no sofá, apenas ouvindo. Naquela época, não havia distrações além do rádio, e a magia da música parecia ser mais forte.

Ganhei meu primeiro trompete de Will Jones, penúltimo namorado de Linda – ela tinha vários. Eu gostava do Will: ele exibia um jeito malandro, tinha sorriso fácil, gostava da música melancólica de Davis. Chamavam de *blues,* mas eu não sabia diferenciar gêneros, o que garantia a maior diversão.

Will tinha um amigo cheio de outros amigos que faziam um *som,* e comecei a aprender trompete com eles. Daí por diante, caí na vida noturna. Era muito jovem quando dei o primeiro trago: doze anos e bebia destilados no estilo *cowboy,* sem água e gelo. A garganta pegava fogo, mas era bom sentir a ardência em noites de inverno, quando o calor do corpo era insuficiente.

Naquele tempo, a casa da rua 63 conservava as paredes novas e bem pintadas. Linda tinha mania de retocar a tinta uma vez por ano para não envelhecerem. Nutria verdadeiro pavor de coisas velhas. Nos períodos de pintura, Will Jones, meus irmãos e eu passávamos o dia escutando rádio enquanto fazíamos o serviço. Linda servia refrescos de melancia, porque o verão era quente. O sol parecia mais forte naqueles anos, fazendo-me pensar que ele também se desgastou.

A mobília está do jeito que deixamos depois de Linda morrer. Não sei o que aconteceu com meus irmãos/primos; cada um foi para um lado, como numa revoada de pássaros ao ver um predador se aproximando. Ninguém fez questão de manter contato, e acabei me esquecendo deles. Meus únicos pertences são a mala com poucas roupas e o estojo do trompete. A decisão de voltar a morar nesta casa surgiu em uma madrugada do último mês, quando o álcool não conseguia mais amortecer os sentidos.

Depois de tanto tempo na companhia de uísque e cerveja baratos, o entorpecimento se torna comum. Não sabemos quando estamos sóbrios ou chapados. O organismo, acho, acaba aceitando a embriaguez como seu estado natural. Estava com o pianista Li, que me acompanhava nos shows, e nós virávamos doses no balcão do Paradis, como toda noite. A apresentação foi boa, apesar dos frequentadores não repararem no nosso som. Assim como a bebida tornou-se imperceptível, nossa música parou de embriagar, absorvida pela rotina do bar.

Li tinha bigode fino e pele amarela, revelando descendências orientais. Era um músico e tanto; porém, não passava muito de uma doninha como homem. Tagarelava sobre as viagens pela Europa e as mulheres conquistadas por lá. Metade daquilo era fantasia, mas pelo menos sobrava criatividade.

O melhor da companhia dele era que eu não precisava falar, apenas ouvir. Essa é a vantagem dos tagarelas: não precisa se esforçar para manter o papo, eles falam sozinhos. Então, no meio de uma anedota sobre uma russa de dezoito anos viciada em coisas sádicas, me lembrei de Linda. A associação não pareceu ter fundamento a princípio, até eu começar a pensar no passado por causa das fantasias de Li.

Estava do seu lado no balcão. Na noite seguinte, faríamos o mesmo, e provavelmente ele estaria contando as mesmas histórias, sob outras perspectivas. Minha vida inteira foi arrastada pelo álcool, pelo *blues*, por relações esquisitas em bastidores e por balcões de bares. Aos quarenta e três anos, não restava nada para contar, nem mesmo se arriscasse inventar como Li.

Num desses momentos conscientes de estar no mundo há muito tempo sem perceber, Linda dizia para estudar e ser alguém na vida. "Um homem que constrói casas", era o que ela dizia, como um engenheiro. Era fascinada por construções de casas e achava abençoadas as pessoas que faziam isso. "Dedique sua vida a construir casas para as pessoas, Ícaro. Uma casa é tudo na vida."

Ela sempre falava com seu jeito direto e simples. Eu não queria construir casas; não me importava muito com isso até a fase da vida em que passei a acordar nas praças depois das bebedeiras, me arrastando pelos becos sem conseguir me manter sóbrio.

Abandonei nosso lar e comecei a viver sob o teto do mundo, ao relento, pegando chuva e frio. Nessa fase, dei valor ao fato de ter um lugar para onde voltar. Linda me recebeu de braços abertos, mas ela estava doente quando resolvi ficar em casa. Logo iria morrer. A residência permaneceu de pé.

Então, depois daquela madrugada na qual recaiu sobre mim o peso do fracasso, resolvi voltar para a casa da rua 63. Sabia que estava vazia, pois fazia o trajeto do meu quarto alugado até o Paradis com frequência, para tocar durante as noites. As portas não trancam mais e pouca coisa funciona, mas ainda assim é uma casa; bastam alguns dias para fazê-la voltar a servir, a me abrigar novamente.

Fim de expediente

As baratas ainda correm pelo chão da cozinha no fim do expediente. Não importa quantas vezes a empresa dedetizadora venha ao bar. Tenho a impressão de que, para cada barata morta, surgem duas novinhas em folha prontas para arruaça. É uma praga, e toda praga é resistente. Persigo e piso nas que consigo: causa má impressão esses bichos grotescos perambulando pelo chão e pelas paredes. A sorte é elas ficarem escondidas em seus buracos durante o dia, temendo o contato humano.

Depois de fechar o caixa e pendurar o avental atrás da porta dos funcionários, fico pensando na proximidade entre esses insetos e eu. Resistentes, persistentes, temerosas e inquebrantáveis. É inevitável não sentir uma onda de calor pelas baratas, bravas guerreiras da imundície, indiferentes à limpeza e ordem. Dou de ombros e deixo o Paradis vazio. Descanso cerca de seis horas por noite até estar de pé, abrindo as portas de novo.

O trabalho de garçonete começou cedo para mim: tinha 16 anos e precisava sair de casa. Papai era muito grosseiro, quase insuportável. Dei o fora e fui dividir um apartamentozinho com a Dani. Ela logo arranjou um magnata e seguiu a carreira de modelo. Fiquei sozinha e acabei criando raízes no Paradis. Carlos, o patrão, me acolheu como um pai e... Sabe como é, a gente acaba ficando.

Depois da morte de Sandro, os filhos repartiram os bens; a filha mais velha, Pam, cuida do lugar. Ela é uma boa mulher, mas acabou deixando os negócios do Paradis nas mãos do marido. Não tenho como reclamar dos novos chefes, continuam me tratando bem. No entanto, eles não ligam para a invasão das baratas; é algo que parece incomodar apenas a mim. Talvez porque eu sinta proximidade com os insetos.

Não levo nem dez minutos para chegar em casa porque meu apartamentozinho fica uma quadra acima do bar. Quando entro, meus bebês correm e miam envolvendo meus tornozelos. Leo, Miche, Dona e Rafael, quatro gatos de rua que peguei para criar há alguns anos, estão famintos. Encho as tigelas de leite, e eles se fartam.

Acendo apenas a luz da sala e me jogo no sofá, cansada demais para tomar banho e sem energia para trocar de roupa. Fico com o uniforme por um tempo, apenas girando o isqueiro na mão. Esqueci de comprar cigarros. Quem fuma sabe como isso é irritante, acentua a necessidade de nicotina no sangue.

Fico assim, acendendo e apagando a chama do isqueiro, escutando ecoar do apartamento vizinho a voz de Billie Holiday, baixinha e melancólica. Não sei quem mora ao lado, mas compartilhamos o mesmo gosto musical: colocamos Holiday quase todas as noites antes de dormir. É a vez do vizinho embalar a noite. Fico ouvindo a melodia, me sentindo cada vez mais afundada no sofá, como se fosse uma almofada velha.

Leo e Miche saltam pro meu colo. Eles são os mais carentes, dois gatos novos e escaldados. Leo não tem a ponta do rabo; quando o encontrei, estava todo detonado no beco que separa meu prédio do outro. Afago os pelos macios enquanto os bichanos ronronam as próprias melodias.

É assim toda noite. Esse tipo de paz onde nada acontece e a voz de Billie me transportam para outro tempo e espaço longe do apartamento pequeno e maltratado. Gosto da noite, mesmo estando sempre cansada: é o único momento em que a felicidade vem como um estado de espírito possível, quase palpável. Dona se enrola em meus pés. Rafa pula no parapeito da janela e fica ali, delineado pela luz da lua em sua silhueta felina e sensual.

A vida é boa. Apesar de tudo, consegue oferecer noites como essa, simples e fresca. Nelas, não se espera nada grandioso do universo; a existência por si só já é benfazeja.

A contemplação é interrompida pelo trinado do telefone. Quase salto do sofá, mas fico quieta encarando o aparelho na mesinha ao lado, sem compreender por que ainda mantenho um telefone em casa se ninguém me liga. Apenas cobradores e minha mãe no dia do meu aniversário. Estico o braço e coloco o fone no ouvido. Do outro da linha, existe uma presença que se limita apenas em respirar. Não fala nada, fica muda. Imito o silêncio: também respiro como se fosse um diálogo secreto.

Por fim, digo:

— Quem é? Sei que tá aí, posso te ouvir respirando.

Não tenho nada para fazer durante as noites, então um trote pode ser divertido. Por isso, continuo dando corda, conversando sozinha com a pessoa que me ligou, provavelmente por estar se sentindo tão solitária quanto eu.

— Quem é? Quem é? O que você tá fazendo? Por que não desenvolvemos um papo? Quem sabe poderíamos tomar uns drinques.

Sigo tentando. A respiração dá uma pausa e suspira. A voz de Holiday parece atravessar a linha do telefone. Quase acredito que é o vizinho ligando, mas ele não tem meu número. Não sei quem é, nunca nos vimos.

Fico em silêncio. Não vou desligar, não vou entregar os pontos. A respiração continua, e um frio começa a subir pela espinha, fazendo meu couro cabeludo arrepiar. Pego-me prestes a chorar sem saber o motivo da angústia repentina. Estou quase tirando o fone do ouvido e desligando. Então, escuto a voz do outro lado, como um chiado triste:

— Bessie...

Ela diz meu nome. Se voz tivesse cor, aquela seria azul como a superfície do oceano pacífico. Fico muda, porque não esperava ouvir meu nome numa fala que não tem som nenhum.

Reconheço que é ele; não estou supondo, apenas sei. O estranho me encontrou. Também sei que me procurava há anos, desde aquela madrugada. Desde o dia em que consegui fugir. Então me encontrou, jogada no sofá da sala, cercada por gatos de rua, pensando em baratas e na vida que não consegui ter ao vir morar com a Dani.

— Bessie...

O desconhecido chama de novo, mas não tenho certeza se a voz é a mesma. Na madrugada em que ele me seguiu, nada saiu de sua boca. Ele usava uma máscara de meia-calça responsável por deformar o rosto como uma pintura derretida. Cobriu minha boca no beco ao lado do prédio onde moro e ficou assim, tapando a boca e empurrando meu corpo contra a parede. Não queria nada, só me machucar. Às vezes, as pessoas só precisam fazer coisas sem justificativa, pela adrenalina da incoerência.

Depois de algum tempo, pediu a bolsa e tudo mais que eu tivesse. Quase perguntei se podia ser minha alma, porque era a única coisa que ainda havia de bom em mim. No entanto, ele ficou me apertando e me esfregando contra a parede, e eu comecei a tremer, o mesmo frio na espinha de agora.

Naquela madrugada, Holiday não ecoava do apartamento vizinho, ainda vago. Podia ouvir os miados dos gatos acima de nós, na janela do meu apartamento, mas os bichanos não podiam fazer nada. Ninguém podia, além do estranho me apertando no beco, querendo tudo o que eu tivesse de valor. Dei a bolsa, os brincos. Perguntei se era possível me deixar ir embora com a polidez de uma dama tentando agradar ao acompanhante. Mas ele me surpreendeu com um soco no nariz que fez explodir meu rosto em dores multicoloridas. E continuou batendo; assim, sem qualquer voz. Apenas batendo, porque precisava fazer isso naquela madrugada. Porque se revelava muito irritado, e precisava descontar em alguém.

Eu era a pessoa passando no momento errado, atravessando o caminho de uma irritação crescente. A força da raiva dele afundou meu olho esquerdo. O homem só parou quando escorreguei pela parede feito uma mosca estapeada. Fiquei encolhida no chão, segurando a cabeça que parecia querer despencar do pescoço. Não tinha noção de meu olho amassado, a dor não fazia sentido porque era algo frio e distante. Aquele rosto não parecia ser o meu.

O estranho pegou minha bolsa e sacudiu, as contas recém-pagas voaram. O espelho de mão e o batom marrom caíram junto com moedas, a carteira, um bilhete do Ícaro que tocava no Paradis com seu número novo, entre outras coisas, como papéis de balas, brincos de pérolas e cartões telefônicos. As miudezas da minha vida insignificante que, para aquele homem, pareciam tão importantes no momento.

Escutei os passos dele correndo e se afastando de mim. Mal percebi um grupo de jovens passando por ali. Isso o fez se assustar. Os garotos me ajudaram a ficar de pé e chamaram a ambulância e os policiais. Eram frequentadores do Paradis e me conheciam, ficaram ressentidos e cheios de mágoa por me ver daquela forma. Diziam que não merecia, mas eu não tinha tanta certeza quanto eles.

Surgi no caminho da irritação de alguém e acabei me ferrando. Depois daquela madrugada, escuto os passos do estranho toda noite ao vir para casa. Quase posso vê-lo espreitando no beco ao lado do prédio, pronto para uma próxima surra, quem sabe arrancar meu outro olho. No lugar do esquerdo, repousa uma prótese de vidro. Escolhi a cor azul para a íris porque sempre achei olhos azuis lindos.

A pessoa do outro lado desligou o telefone, e acabei colocando o fone no gancho com a certeza de que era o estranho. Ele sussurrou meu nome, está atrás de mim desde aquela madrugada na qual não conseguiu levar nada. Eu não possuía nada de valioso para oferecer além do rosto para as pancadas. Isso aconteceu há cinco anos, quando ainda mantinha esperança de conseguir campanhas e seguir o destino de uma estrela da moda, como Dani tinha feito.

Mas sou apenas Bessie, a garçonete que trabalha há anos no Paradis, a mulher do olho de vidro que sobreviveu a um assalto.

Retiro a prótese e fico observando a falsidade da íris vítrea, a falta de vida, de humanidade. Penso em mim mesma como metade mecânica e metade orgânica. Os gatos dormem fácil com a pacatez na qual minha casa vive mergulhada. Acomodo-me no sofá ainda usando o uniforme, sem banho e sem o olho de vidro. Coloco-o ao lado do telefone. Se o desconhecido voltar a me ligar, quem sabe o olho atenda e tenha voz suficiente para expulsá-lo da minha vida de uma vez por todas.

"I'm a fool to want you to want a love that can't be true
A love that's there for others too"

"Eu sou um tolo por querer que você queira
um amor que não pode ser verdadeiro
Um amor que existe para os outros também"

Billie Holiday está embalando meu sono, me levando embora nas notas da voz entristecida. Penso em mim aos dezesseis anos e no rosto que trazia, nos olhos perfeitos e nos sonhos de uma vida de *glamour* e conquistas. Penso no passado projetado e nunca vivido. É difícil quando a madrugada chega e ficamos sozinhos com os restos do que realmente somos. Sem fantasias, sem ilusões, naufragando na superfície azul da melancolia.

Sons e movimentos

Os raios do fim de tarde atravessam os galhos das árvores e incidem sobre o capô cor creme de um *Studebaker Starlight* dos anos 50. Não entendo quase nada de carros, mas Yan fala disso o tempo inteiro. Às vezes, desligo o aparelho que me permite ouvir o mundo para descansar da falação sobre automóveis velozes. Ele diz:

— Já não fazem mais carros como antigamente.

E eu concordo porque não tenho nada a acrescentar nessa verdade. Não se faz muitas coisas como antigamente, acho. Mesmo sem ter vivido muito tempo, tenho a impressão de que a vida hoje é pior do que no tempo da minha avó.

Yan fuma um cigarro tomando cuidado para não sujar o banco do carro novo. O tio dele tem uma oficina e coleciona essas banheiras antiquadas, então Yan fica dando voltas e voltas com os carros restaurados, como se fossem dele. Quase acredita que são mesmo, volta e meia está lustrando a cera e chamando-os de "meu bem". Ele tem verdadeira obsessão por carros antigos, por tudo que existiu nos anos 40. Usa um topete cheio e vive cheio de pomada cheirosa. Gosto mais do Yan quando ele não está falando sobre carros de um jeito sombrio.

"Faço 180 km/h fácil, fácil com essa belezinha". Yan costuma se gabar assim, e me dá medo quando estou no banco do passageiro, apertando o banco para disfarçar o pavor da velocidade.

Quando o horário das aulas termina, ando até o local marcado atrás do pátio da escola para ver Yan e o carro novo. Como sempre, ele parece empolgado ao falar sobre o programa da noite. Iremos ao Paradis ouvir um bom som e tomar *drinks*. Insisto em não beber, em gestos que Yan se acostumou a decifrar porque nunca foi bom na linguagem de sinais. Como de costume, ele diz que vou beber pelo menos meia dose de um bom uísque. Preciso aprender a viver.

Nós temos dezessete anos, mas ele sempre pareceu mais velho, pois sabe viver. O que chama minha atenção sobre Yan é ele não ter medo de nada. É tudo o que eu gostaria de ser e não posso. Porque minha mãe fala do meu problema, a falta de percepção sonora. A surdez me lançou em um mundo alheio ao normal, no qual Yan corre na autoestrada e lança olhares para as pernas das moças ao redor. A surdez me dissipou como uma névoa: quando não estou com os aparelhos ligados, o silêncio recai sobre mim igual a um manto, e eu o amo.

Mas existe a música, e ela cura tudo. Música e silêncio, os melhores antídotos para a tristeza. Peço para ele aumentar o volume do rádio, Yan balança a cabeça ao ritmo do saxofone. Não sei dizer quem é o músico, mas fecho os olhos mesmo não escutando com toda a potência auditiva. Posso viajar nas ondas sonoras.

A estática interrompe, o chiado me atinge bem no plano de fundo da cabeça. Abro os olhos e tiro o aparelho da orelha. Fico olhando para ele por um tempo, tentando entender o motivo de viver fora do ar. Nesses momentos, me sinto sempre diminuída, como um pedaço de pano velho e usado, sem serventia. As lágrimas surgem queimando os olhos. Não quero chorar, mas não me controlo.

Evito olhar para o rosto de Yan porque sei que vou ver pena. Queria ele me olhando como olha para a Estela que estuda comigo, ou para a Katia que canta no Paradis. Olhar de admiração, cobiça e entorpecimento. Quando viro o rosto para ele, noto Yan observando algo pela janela do carro, envolto pela fumaça do cigarro. Nem percebe minhas lágrimas, e fico feliz por isso.

Meus lábios articulam as palavras, mas não saem como quero. Na mente, as frases se formam e fluem como dente-de-leão na brisa suave, ordenadas e bonitas; porém, nos ouvidos moucos, escuto apenas gemidos de algum bicho afônico.

Yan me olha confuso, tenta me compreender. Às vezes, luto com as palavras porque quero me fazer entender. As mãos articulam em conjunto com os gemidos, e ele continua me observando com a sombra da incompreensão no rosto. Sufocada com nossa proximidade, o espaço parece diminuir. Então coloco a cabeça para fora da janela e fico assim, com a testa escorada no carro, respirando fundo, tentando fazer as lágrimas e as palavras entrarem num acordo.

— Está tudo bem, Gaia. — Yan toca meu ombro. — Vamos dar uma volta, e você vai esquecer esse aparelho.

Levanto a cabeça. Os cabelos estão me sufocando, por isso prendo num penteado alto que deixa meu rosto exposto. Yan me dá um beijo na testa como um irmão faria, e me sinto cada vez menor e menor.

O carro arranca, afundo os dedos no banco de couro e caímos nas avenidas da cidade com os restos de raios de sol se derramando num laranja pálido.

Yan aumenta a velocidade, posso notar o carro rugindo como minha voz presa na garganta. Ele está quase gritando, a lataria treme. Yan pisa com mais força no acelerador. Voamos pela autoestrada. O vento bagunça os fios do topete dele, e seus olhos estão vidrados na pista. Posso sentir a vibração. Yan faz isso porque ama; é apaixonado por velocidade, como se correr lhe conferisse algum sentido oculto de existência. Chego a pensar que me sentiria assim se um dia acordasse e pudesse me ouvir falando com perfeição todas as sentenças que sempre quis.

Meu corpo está relaxado, apesar da velocidade. Imagino: se a gente morrer, vai ser de repente, sem dor. O problema da morte é a dor, assim como o da vida. Se ela for ligeira e indolor, tudo bem. Fechamos os olhos e acordamos no paraíso das almas sem formas, onde os sons e os movimentos podem ser alcançados por todos, porque as almas não têm cor, anomalias, credo, sexo ou religião. Almas são ar.

O rádio está cuspindo notas altas do saxofone misturadas a um piano. *Blues* é uma melancolia eufórica e, como Yan costuma dizer, pode salvar uma vida. Penso nisso desde o dia em que me mostrou esses sons. Ele me deu um rádio antiquado, pego do tio, e gravou fitas k-7 com todos os saxofones, trompetes, pianos e melancolias. Escuto antes de dormir, com a potência dos meus dispositivos auditivos no máximo. Yan sabe como ser especial de um jeito despretensioso; mas quando ele está assim, atrás do volante, o rosto bonito de perfil, capto um tipo de sombra azulada. Não sei se é a réstia da luz do fim do dia ou se é tristeza, mas meu amigo também é uma pessoa muito perdida.

Enquanto o carro flutua pela estrada, esqueço de ter falado para minha mãe que estaria na casa da Estela estudando para os exames finais. Ela deve estar aflita, e meu pai provavelmente tenta acalmá-la. Não me lembro deles quando estou com Yan; ele tem essa presença capaz de englobar toda nossa atenção sem dar espaço para distrações.

Yan pisa mais fundo no acelerador, e vejo no seu rosto uma trêmula expressão de raiva. Apesar de sairmos há um ano, não sei muito sobre a vida dele. Sinto que vive fugindo de si mesmo, enfiado no personagem rebelde criado para mascarar solidão, ódio e revolta.

Antes do impacto, escuto o ruído de estática elevar ao máximo no aparelho do meu ouvido, me obrigando a tirá-lo. O freio do carro rasga o ar, fazendo o cheiro de borracha queimada entrar pelas janelas.

Batemos em algo. É a primeira coisa que penso. E a segunda é: *Matamos alguém.*

A fumaça ao redor do carro nos deixa sem visão. Yan está branco feito papel, a respiração ofegante. O mundo volta a cair no chiado atordoante: continuo com o aparelho na mão e, ainda assim, escuto os ruídos. Estou tão trêmula... Parece que o ar ao meu redor balança. Yan olha pelo retrovisor na direção da estrada atrás de nós e treme também. Seus lábios ficam se movendo, mas não consigo ouvir. Estou atordoada demais. Por um momento, quase acredito que tudo não passa de um sonho e logo vou acordar na sala de aula, como às vezes acontece.

— O que foi isso?

Vejo essa frase na sua boca, mas o som não existe. Olho para trás com medo de vislumbrar algo. O pescoço quase não atende ao comando de virar. Por mais que me esforce para enxergar, não há nada na estrada. Não sei se sinto alívio ou desespero. Tento me confortar pensando ser um animal que fugiu, mas o barulho foi alto, e o vidro rachado mostra o choque de algo maciço com o carro. A velocidade na qual Yan dirigia seria capaz de acabar com qualquer coisa.

— Gaia, fica aqui que vou lá ver.

Yan segura meu rosto e articula essas palavras com calma, as mãos geladas e os olhos amedrontados. Ele desce e desaparece na névoa de fumaça que ainda nos cerca. Nenhum carro passa na estrada. É como se tivéssemos entrado em outro tipo de dimensão, onde o mundo inteiro ficou deserto.

Coloco o aparelho no ouvido de novo e regulo o som. A estática me atinge e me sinto tonta. Abaixo a cabeça tentando amenizar a dor no ouvido. Depois, escuto alguma coisa similar a uma estação de rádio dessincronizada: são vozes. Meu aparelho está sofrendo algum tipo de interferência. Desligo o rádio, que permanecia ecoando a voz lamuriosa de Bessie Smith. Mesmo assim, a estática continua.

— Isso dói.

Escuto essa frase ecoando por minha cabeça, vinda de algum lugar dentro do pequeno aparelho, como um *walkie-talkie*. Yan não volta, e isso me deixa ansiosa. Desço do carro e vou caminhando à procura dele. Não está mais na estrada.

Yan surge correndo do acostamento, sai do meio da vegetação rasteira, ao lado da rodovia. Ofegante e avermelhado, seus cabelos se espetam para todos os lados.

Gesticulo, perguntando o que aconteceu. Minha voz quer sair junto com os gestos, mas me limito aos gemidos afônicos.

— Não é nada. Não achei nada, Gaia, vamos embora. Acho que foi um bicho.

Seus lábios se movem com urgência, e a voz alcança um tom elevado. Yan parece desconfiado e mentiroso, me arrasta pelo braço até o carro enquanto olho para trás. Sento-me no banco do passageiro e continuo ouvindo as vozes distantes dentro do ouvido. Uma delas não se cansa de lamentar sobre dor.

Com as mãos trêmulas, Yan demora a fazer o carro funcionar, deixa o motor afogar algumas vezes. Olha para trás da estrada toda hora. Sei que esconde algo. Deslizo os olhos sobre seu corpo, porque uma marca na camiseta chama atenção. Algo escuro espalha-se feito flor, parece cor de sangue fresco. Puxo o braço e aponto para a mancha. As palavras morrem nos lábios, os gemidos saem alto. Quando me escuto, acho horrível. A agonia toma conta da garganta, me sufocando na ânsia de falar.

— Me deixa, Gaia! A gente precisa dar o fora!

Yan me empurra para o lado, fico amassada contra a porta do passageiro olhando para ele. Lágrimas irritam os olhos. O carro volta a correr na estrada, e continuo com os olhos fixos na mancha da camiseta do motorista. As vozes por trás dos ouvidos aumentam e diminuem conforme avançamos na estrada. Tiro os aparelhos dos ouvidos e os guardo na bolsa, mas os ruídos persistem.

Yan me olha de vez em quando, com um ar preocupado. Aperto os olhos e tento me concentrar, tento ignorar as vozes na cabeça. No entanto, a lamúria de "isso dói" prossegue, crescendo e crescendo, ganhando cada vez mais forma e som.

A ÚLTIMA NOTA

Mais uma noite de apresentação no Paradis na companhia de Li no piano. Sábado as pessoas se aglomeram nas mesas e no balcão, é ótimo quando o espaço se torna pequeno. A fumaça dos cigarros se mescla à claridade das poucas luzes coloridas postas no tablado servindo de palco. Não caberia uma banda inteira aqui, mas é tudo o que temos. O importante é a música, não o lugar.

As pessoas estão falando mais alto que meu trompete. Bessie corre para atender os pedidos, dando ordens à nova garçonete. Os pedidos não param, e imagino como Tom deve estar irritado com a movimentação. Ele é o responsável pela cozinha e sempre fica nervoso aos sábados. Mas é tudo fachada, porque Tom gosta da casa cheia e da pressão na cozinha.

Enquanto toco alguma melodia que me leva de volta à infância, quando ouvia Mile Davis, uma onda de fraqueza me invade. Preciso sentar um pouco e respirar fundo antes de continuar. Ninguém percebe quando paro, apenas Li. Ele fica me olhando intrigado atrás do piano. Pego o cigarro que deixei no cinzeiro sobre a caixa de som, dou uma tragada e me sinto um pouco melhor. Volto a soprar o trompete e, durante uma nota mais aguda, vejo as pessoas desfocadas, como se estivessem presas em outro tipo de plano.

Estou caindo, indo direto para o chão do tablado. No último instante, me sinto constrangido por ter chegado a tal ponto. Uma pessoa como eu não deveria sequer sair de casa. Linda costumava dizer que todo homem precisa de um trabalho. Não sei o motivo de lembrar disso neste momento, mas fico pensando: quando terminar esse show, quando soprar a última nota, irei transformar minha vida para melhor.

Li está sobre mim, e Bessie segura meu corpo para me manter sentado. Não sei como caí, porém estou no chão, sentindo uma estranha latência percorrer o braço. As pessoas me olham assustadas, como se eu fosse uma aberração.

— Chama uma ambulância!

Quem fala é a garçonete Bessie, com quem sempre me dei muito bem.

— Não precisa de ambulância — tento murmurar para ela, que me ignora.

Com muito custo, consigo ficar sentado por conta própria. Um estranho diz que estive perto de ter uma parada cardíaca. Não sei quem é, talvez algum dos clientes.

Minha mão está pesada quando a levanto para gesticular dizendo que é tudo besteira, estou ótimo. Contudo, quando Bessie me coloca de pé, não me sinto nada bem. Os fogos de artifício estouram em frente aos olhos enquanto o mundo gira na escuridão.

Tive um início de *enfarte*; o coração velho não está mais respondendo como antes. Quando volto à consciência, deitado na minha cama na casa da rua 63, acredito que sou o velho Ícaro dos dezesseis anos por um momento. Porque, de alguma forma, a silhueta de Bessie ao meu lado lembra a de Linda naqueles tempos em que caía de febre e ela velava por meu sono na cabeceira.

Mas a realidade é esse fogo fátuo de lembranças. Logo percebo que Bessie não é Linda, e eu não sou mais o garoto adoentado de anos atrás.

— Você precisa ver esse coração com urgência, Ícaro.

Bessie me ajuda a ficar sentado, colocando travesseiros atrás das minhas costas. Seu olho de vidro torna sua expressão um pouco assustadora, a íris falsa não emite brilho nenhum. Sinto o pigarro escalar minha garganta e começo a tossir até o esqueleto chacoalhar. Meu trompete está repousando aos pés da cama, alguma boa alma lembrou de tomar cuidado com ele.

— Nunca tive nada no coração — comento.

— É assim mesmo, ele para quando a gente menos espera. Quando não para por completo, deixa um monte de problemas para trás. Tive um padrasto que morreu de *enfarte* do nada enquanto cortava a grama.

Bessie está fumando. A fumaça toca meu rosto e me deixa com vontade de dar um trago, mas o coração galopando no peito me lembra de que o próximo cigarro vai ter de esperar alguns dias.

— É, você está certa, acho que vou procurar um médico. Como vim parar em casa? Fui para o hospital?

— Foi, mas te liberaram logo. Faz um tempão que eu te trouxe para cá de táxi. Sabe que não dirijo. Um dos clientes do Paradis foi comigo e me ajudou a te tirar do carro. Ele parece gostar mesmo do som que faz, porque não saiu de perto de você.

Consigo me lembrar do homem comentando sobre o início de *enfarte,* algum frequentador do bar. Ele deve escutar as notas do meu trompete todas as noites, e isso nos liga de alguma forma. Mantemos uma relação secreta onde nenhum dos dois se conhece de verdade, mas a melodia das canções nos aproxima como irmãos humanos.

— Vou agradecer na próxima vez em que ele for ao Paradis.

Bessie concorda e me deixa sozinho depois de umas doses de uísque compartilhadas. No início, resistiu a me deixar beber. Mas logo cedeu, porque ninguém pode ficar doente e sóbrio. Vivo e sóbrio. A sobriedade é um tipo de fardo que poucos conseguem suportar, e não estou entre eles.

Depois que ela vai embora, encho mais algumas doses de uísque e, com esforço, saio da cama para colocar um disco na vitrola. Pretendo dormir ouvindo Coltrane, sempre foi um dos meus mentores. O som começa a ecoar pelo quarto quase vazio. Olho a noite pela janela, se derramando na rua sob as fracas luzes dos postes. Se não fosse a iluminação pública, o mundo seria apenas breu. A lua pouco ilumina hoje, está fraca e amarelada. Lua nova com uma cara desgastada.

A ideia de quase morte começa a se deitar sobre meus pensamentos: por mais que tente pensar em um futuro bom, em perspectivas novas, ou resgatar na memória as boas recordações da infância nesta casa, só consigo imaginar sombras e frio. A cor das lágrimas azuis do garoto que fui sobre o caixão da minha tia Linda. A morte se manifesta através do luto. Ele é escuro, ausente, leva um pouco da nossa energia vital.

Pensar na quase morte, no coração com dificuldade de cumprir suas funções, me arrasta para um tipo de melancolia letárgica. Essa sensação não me deixa voltar para a cama, muito menos fazer qualquer outra coisa além de olhar a rua vazia pela janela com o copo de uísque em uma das mãos. Penso na minha finitude como homem e na incerteza além-túmulo.

Lembro de Linda segurando seu terço no leito de morte, os olhos doentes e confiantes em alguma força superior que ela chamava de Deus. A morte parecia quase nada para ela naquele momento, porque sua ideia de paraíso a salvava da expectativa de danação.

Fico invejado com sua capacidade de fé, de crença. A espiritualidade de Linda a salvava dos dias de pobreza e fracasso. Tento pensar em Deus e só consigo sentir a morte soprando em meu ouvido sons tirados por Coltrane em seu *blues*.

É uma ideia fixa: vou morrer daqui a uns dias. Mesmo se o médico disser que preciso apenas tomar uns comprimidos e tudo ficará bem, sinto a morte no pé do ouvido cronometrando meu tempo. Sempre fui vadio o suficiente para não me preocupar com os ponteiros do relógio, mas agora é impossível ignorar o *tique-taque* da vida, que está por um fio.

Olho de vidro

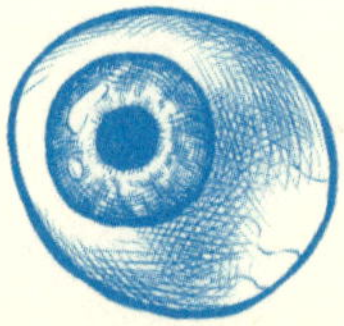

O trompetista do Paradis é um homem de vigor, tem um coração bom que acabou falhando. Tentei ajudar como pude e, depois de deixá-lo em casa, voltei para meu apartamento pensando em como seu rosto ficara pálido igual ao de um morto. Dá vontade de chorar por ele, porque realmente achei que estivesse morrendo. Nunca vi ninguém tão perto do fim, e essa ideia começa a me assombrar.

Os gatos estão quietos, isso é estranho. Rafa estaria miando e me seguindo pela casa, mas todos continuam jogados pelos cantos como se sentissem a vibração baixa.

O banho não descansa o corpo, o leite quente não consegue aquecer a barriga. Fico sentada à mesa da cozinha tentando compreender a origem do mal responsável por declinar minha força de vontade. Por Deus, me sinto terrivelmente sozinha. O olho de vidro repousa à frente, e me ponho a observar as nuances em seu interior, como se fossem imagens numa tela de tevê.

O que é isso? me pergunto, pegando o olho falso para olhar de perto com o olho sobrevivente. Lá dentro, vejo eu mesma de outra forma. Estou saindo de casa; minha mãe chora e grita, todos estão nervosos porque estou indo embora. Não sei se essas lembranças estão na cabeça ou se acontecem mesmo daquele jeito, se desenrolando dentro de uma prótese ocular.

Um dos gatos me distrai ao pular na mesa. Dona está me encarando com sua íris amarelada enigmática. Nós duas ficamos um tempo apenas nos fitando. Ela parece me estranhar, porque seus pelos arrepiam e as presas são projetadas num rosnado.

— Querida, o que foi? — Estico a mão para tocá-la, e a gata salta para a pia.

Ela desaparece ao pular de volta para o chão. O estranhamento me deixa encabulada, parece que algo não faz parte de mim. Como se a casa não fosse minha, eu estivesse invadindo e a proprietária fosse me achar a qualquer momento. Ando pela residência e me certifico de estar no lugar certo. Uma ideia absurda passa por minha cabeça: e se eu tiver entrado pela porta do vizinho? Aquele com quem faço trocas musicais? Impossível. Para aparecer na sua casa, precisaria ter a chave.

O apartamento é meu. Reconheço móveis, discos, rádio, sofás e samambaias adoentadas penduradas na varanda.

Não entendo o que acontece: mesmo sabendo onde estou e quem sou, me sinto deslocada, fora do lugar.

Angustiada, me deito no sofá e fico ouvindo o som vindo do vizinho. Nessa noite, ele está escutando algo de Nina Simone. É lindo e me faz sentir vontade de derramar lágrimas. A tristeza é uma melodia: embala nossos pensamentos e nos leva embora numa descida rumo ao escuro. O episódio do *enfarte* de Ícaro mexeu mais comigo do que consigo admitir. Ele parece gostar da vida, apesar de todas as coisas implicadas em estar vivo.

Meu olho de vidro queima na mão, mas ignoro as imagens passando dentro dele. Sou eu há cinco anos, caminhando de volta para casa seguida pelo estranho que me arrebentou.

A voz de Nina Simone continua viajando, e então escuto passos na porta. Sei que é ele. Primeiro foi o telefonema misterioso, agora está aqui. Coloco o olho falso no vácuo do globo ocular perdido e encaro a entrada. Estou paralisada no meio da sala, e os gatos começam a perambular pelo apartamento.

A qualquer momento, ele vai bater na porta. Espero com a ansiedade percorrendo cada parte do corpo em ondas de tensão. Mas o desconhecido não bate. Vejo a sombra dos pés por baixo da porta, e ele continua parado. Caminho para trás até encostar na sacada.

— Bessie!

É a voz de Ícaro, ele está parado lá embaixo na calçada.

— Não faça isso, Bessie!

Ele grita de novo. Não entendo o que quer dizer. Ícaro estava repousando em casa. Não tenho certeza se esse homem gritando comigo é mesmo o trompetista.

Os pés atrás da porta estão se movendo, a sombra parece ter vida própria. Lembro da vida antes desse estranho me encurralar no beco. A vida antes do olho de vidro. Cresce a vontade de me misturar ao ar feito partícula de poeira. O coração dói porque vejo a porta da sala abrir e a silhueta do estranho aparecer agigantada, a sombra se expande pelos móveis e paredes.

Estou no segundo andar de um pequeno prédio. Sempre tive medo de altura. Quando me mudei para cá com Dani, ela dizia que uma queda do segundo andar renderia apenas algumas fraturas. "Não dá para se matar", ela costumava falar.

O asfalto está úmido, cai uma chuva fininha. Mas a umidade não parece ser apenas da água. Estou aberta, é assim que me sinto com parte do rosto afundado no chão. Algo não está certo na forma como meu maxilar está posicionado, e meu nariz expele torrentes de um sangue grosso.

Como um peixe fora d'água, os músculos se contraem involuntariamente. Não sinto dor, apenas dormência. Ao longe, escuto os miados dos gatos; reconheceria Dona e Leo a qualquer distância. São os mais barulhentos. Tento mover a cabeça, mas peso uma tonelada e o corpo não obedece, continua tremendo e convulsionando.

— Bessie? Bessie? Está me ouvindo?

Os pés se aproximam do meu rosto afundado na calçada. São os sapatos dele, lembro do tênis sujo. Quero olhar para cima, mas não adianta, o corpo não se move.

— Bessie?! – Ícaro fala alto perto de mim.

Ele segura meus ombros; salto no sofá fazendo o corpo se mexer, finalmente.

Tudo foi um pesadelo. Demoro a compreender: aquela é minha sala, e aquele é o cara do trompete que toca todo fim de semana no Paradis.

— Ícaro, o que você aqui?

— Você me ligou, Bessie. Fiquei preocupado e vim.

— Eu te liguei?

— Ligou. Não faz nem dez minutos. Você ligou e só chamou meu nome baixinho. Tentei falar com você, mas acabou desligando.

— Não lembro de ter ligado para você. Não devia ter saído do repouso.

— Que nada, Bessie, minha casa fica no fim da rua.

Os gatos estão ronronando ao redor dos pés de Ícaro como se estivessem preocupados. Tento me levantar e sou atingida por uma tontura atípica.

— Bessie, está passando mal? Quer que eu ligue para alguém? Chame uma ambulância?

— Não, Ícaro... Vou ficar bem. É só que estava sonhando e foi horrível. No sonho, pulei da minha sacada e... Você estava nele, me chamando.

Ícaro coçou o cavanhaque e ficou pensativo. Na penumbra da sala, sua palidez era preocupante e desbotava a pele negra.

— Passou mal antes de dormir? Tomou algum remédio? Você está com o rosto tão magro, e te vi não faz nem uma hora. Seu rosto não estava tão magro assim.

Depois de reordenar a respiração, consigo levantar do sofá. Leo está se esfregando em meus tornozelos. Pego o bichano no colo e o acaricio. Não sei o que dizer para Ícaro. Olho-me no espelho da sala, e a face que vejo não parece mais a mesma: está magra e azulada.

— Ah, Ícaro, acho que é cansaço. Ando tão cansada.

Ele está murmurando a canção ecoando do apartamento vizinho enquanto me observa. Nós dois não estamos bem, isso é visível; algo não funciona direito em nosso corpo, e acredito que até nossas almas estão encolhendo.

Ícaro fica um tempo me fazendo companhia e mais tarde vai embora. Depois que ele sai, tranco a porta. Antes de ir para o quarto, me certifico de não haver sombra de pés por baixo da porta. Não vejo nada ali, mas escuto. Passos caminhando pelo corredor, passos que nunca chegam até mim.

Grito mudo

Na última vez que estive com Yan, o que vimos na rodovia nos deixou impactados. O acidente que não aconteceu, a pessoa ou coisa atropelada que desapareceu. Não nos encontramos mais desde então, faz uma semana. Ele não apareceu no fim das aulas atrás do pátio da escola, como sempre fez. Quase chego a acreditar que nunca mais irei vê-lo. Talvez tenha cansado do meu silêncio, dos ouvidos falhos, dos aparelhos auditivos, da fala afônica, das proibições dos meus pais. Arranjou algo melhor para fazer. Não é isso que as pessoas fazem, seguem adiante?

Em casa, meus pais dizem que sou normal e não devo pensar o contrário, mas não consigo. O mundo me faz sentir disfuncional. Não dá para encarar isso, mesmo fingindo com todos os livros entulhando as estantes do quarto, com o rádio que Yan me deu ao lado da cama, guardado feito tesouro e amado feito um bichinho de estimação. Não consigo encarar a surdez com naturalidade. Apesar de desejar ouvir os sons do mundo, quando desligo os dispositivos, não encontro o apaziguador silêncio. Os ruídos persistem, vozes nada familiares se alternando em gritos, cochichos e risos.

Por mais que tente fazer a cabeça parar de ouvir, ela continua. Os sons atrapalham a sonolência antes de cair no sono restaurador, além de perturbar a concentração na sala de aula ao tentar acompanhar as falas dos professores e o que escrevem no quadro. Os dispositivos não tornam a audição tão eficaz: eles ajudam, mas nem de longe substituem ouvidos sadios.

O dia do acidente volta a todo momento, como *flashbacks* impedindo quaisquer lembranças. Se estou observando meus pais discutindo na cozinha, vejo o laranja do fim do dia iluminando a pista quase escura com um corpo estendido. Sacudo a cabeça. Se tento assistir à alguma coisa na TV, o *flash* do sangue na roupa de Yan aparece entre uma cena e outra. Se fecho os olhos no escuro do quarto, surge o rádio ligado tocando alguma melodia na voz de Ella Fitzgerald. Então vejo algo caminhando em minha direção na estrada; não parece um ser humano, é apenas uma sombra azulada e ensanguentada. Salto na cama, e a escuridão do quarto, somada à voz de Fitzgerald, dissipa o assombro.

Nossa mente prega peças o tempo inteiro e, às vezes, nos agarramos à corda bamba sobre o poço negro de suas artimanhas.

Apesar de Yan não aparecer mais atrás da escola, continuo esperando por ele todo fim de aula. Volto para a escola caminhando, ignorando o ponto de ônibus, na esperança de encontrá-lo em algum dos carros antigos, perambulando por aí.

Enquanto caminho pela calçada, distraída com canteiros de flores, um Impala Sedan ano 63, azul metálico com o teto branco, dobra a esquina. Reconheceria o carro em qualquer lugar. Foi nele que vi Yan pela primeira vez estacionando em frente à escola.

Fico parada observando-o deslizar pela rua com lentidão. Vejo a silhueta inconfundível do motorista: penteado à *la* James Dean, rosto levemente inclinado para o lado e braço dobrado na janela aberta. É meu Yan, e a potência do pronome possessivo faz minhas pernas deixarem a inércia. Corro atrás dele. *Meu Yan, meu Yan.* A ideia engloba cada partezinha do cérebro até se tornar uma verdade incontestável.

O carro estaciona devagar no acostamento. Percebo minha imagem crescer no retrovisor: olhos arregalados, fios de cabelo escapando do prendedor que os levantava em um rabo-de-cavalo. O retrato é assustador. Não tenho certeza se Yan quer me ver. E lembrar disso me faz interromper a corrida perto da porta do motorista. Não sei se devo abaixar para encarar seus olhos ou tomar fôlego e correr para longe dele.

Opto pela primeira. Yan continua de perfil, encarando a rua. Meu coração bate acelerado no peito, que parece uma caixinha frágil.

— Você sumiu, Yan.

Tinha tanta coisa para dizer e saiu apenas a frase que prometi a mim mesma não pronunciar. O tom lamurioso abre o caminho das lágrimas, me sinto tola e infantil. Mas não consigo parar de repetir "Você sumiu, Yan" na mente. As palavras saem atropeladas, emboladas na afonia. É tenebroso me ouvir, então paro de falar. Recobro a consciência: não sei me expressar direito.

O rapaz demora a me olhar, ele não percebe minha tentativa de gritar. No entanto, o grito permanece mudo na garganta. Os ruídos intensificam e, por alguns segundos, ficam suspensos dentro da cabeça para ecoar com força total em seguida. Talvez eu esteja enlouquecendo ou morrendo, o que dá no mesmo.

Yan se debruça sobre o banco e mexe em algo no porta-luvas. Uma ideia louca surge na minha cabeça. Talvez ele procure o revólver do tio – segundo meu amigo –, aquele que vivia carregado. Afasto-me alguns passos; Yan é capaz de me matar em plena luz do dia, tenho certeza.

O que tira do porta-luvas é um envelope sujo de graxa. Estende para mim, e o pego com os dedos trêmulos. O carro dá partida e leva Yan embora sem dizer nenhuma palavra. Parece sonho, uma névoa dessas na qual entramos quando dormimos.

Sinto um alívio inesperado. O rapaz desaparece ao virar o quarteirão, não precisarei mais esperar por ele atrás do colégio. Os pés me levam de volta para casa enquanto amasso o envelope na mão. Não preciso mais mentir para os meus pais a fim de encontrá-lo às escondidas. No fim das contas, é bom ver Yan desaparecendo.

Estou louca para ler o conteúdo do envelope, mas me contenho, assim como tento segurar as lágrimas. Não precisaria mais me sentir diminuída cada vez que ele olhasse para as moças passando por nós. Nem percebo quando atravesso o portão de casa. Na cozinha, minha mãe prepara o almoço e diz alguma coisa que não escuto. Estou com os aparelhos desligados, e os ruídos continuam infernizando a cabeça.

Tranco-me no quarto, o silêncio impera por uma fração de segundos. Sinto-me aliviada de novo, mas algo começa a pesar no centro do peito; algo que faz trabalhar à força um motor pesado bombeando seiva bruta, não é mais um coração de carne. Abro o envelope depois de me sentar na cama. As palavras foram escritas por alguém sem o hábito de segurar uma caneta, são garranchos. São erradas, doem os olhos a cada equívoco grotesco de ortografia e concordância. É Yan, posso vê-lo em cada palavra porque o jeito dele escrever é exatamente igual à fala. Nunca aprendeu a escrever direito ou ler, mas jamais o considerei burro; ele sempre foi mais esperto do que eu, apesar de eu passar os dias com o nariz metido entre livros.

A princípio, apenas olho a carta. Viro o papel amassado para, logo mais, respirar fundo e começar a ler de verdade, começar a colocar para dentro da cabeça o significado daquele amontoado de frases. A carta diz:

Oi Gaia,

acho que nunca escrevi pra ninguém antes e achei melhor te escrever por causa você sabe é mais fácil do que tentar te ficar falando me desculpa pelo todo erro que tiver nessa carta. Eu vou estar longe quando ler essa carta. Não sei nem se vou te esperar atrás do pátio da escola pra te entregar. Se ela não tivesse algo tão sério eu deixaria com a sua amiga Barbara pra te entregar, mas eu sei que ela vai acabar abrindo pra ler. Queria evitar te encontrar porque ia tornar tudo mais difícil.

Naquele dia na rodovia eu atropelei um homem. Menti pra você porque nao queria que passasse pelo o que eu tou passando. Não queria te envolver. Você não teve culpa. Eu sei que não dá pra te enganar. E não queria desaparecer e te deixar pensando que foi por alguma coisa que você fez e alimentar a sua ideia de que Ninguem gosta de você por causa da sua limitação. Você é uma garota muito bacana e a melhor que eu encontrei. Você nao sabe mas nunca me incomodei com seus aparelhos auditivos e sua dificuldade de falar. É engraçado como você mesmo sem ouvir direito foi a pessoa que mais escutou com atenção as minhas tolices e me incentivou em tudo. Nunca vou esquecer disso. Eu queria te pedir pra nao brigar com seus pais. Se eles nao deixavam a gente namorar é porque se preocupam com você. E nao queria que continuasse se achando menos por ter sido adotada por eles. As pessoas gostam de voce Gaia, não tenta fugir disso. Não alimenta essas ideias de inferioridade. Todo mundo tem suas limitações. Olha pra mim, eu tenho tudo no lugar quando a gente olha assim de primeira, mas a minha cabeça é toda errada e fora do lugar. Você sabe, eu larguei a escola nao so por ser um saco, mas é que eu tenho aquilo que chamam de dislexia e isso me fez sentir menos a vida toda. E talvez por isso eu sempre gostei de correr de carros porque era sair do meu próprio caminho de fracassos. Eu nunca te disse essas coisas porque nao sabia como te falar e eu tinha medo que voce fosse ficar sensível e fosse chorar como naquela primeira noite que a gente foi no cinema e elogiei o seu vestido e pernas. Você chorou o filme todo e tentou fingir que era por causa da história. Nao gosto de pensar em você chorando ou sofrendo. Eu preciso ir embora por causa do que aconteceu mas também porque sempre quis sair dessa cidade. Não espero que voce va entender. Eu te prometi que te levaria junto um dia...mas as circunstancias sao outras. Mais cedo ou mais tarde vao descobrir o corpo ao lado da rodovia. E quero te deixar claro que nao escondi ele la. Mas de alguma forma ele andou ate la e morreu. Nunca tinha visto um cadaver antes a nao ser em filmes...e isso nunca mais vai sair da minha cabeça. Eu durmo e vejo ele e quando acordo sinto cheiro de morte no quarto. Eu preciso ir embora Gaia e por favor nao termina de ler essa carta chorando. Eu espero que voce seja feliz de verdade e esqueça esse sofrimento por nao ouvir, acho ate que a vida é melhor no silencio. Obrigado por ter sido a melhor namorada do mundo mesmo que nem tenhamos sido mesmo um casal direito. Eu sinto muito por tudo. E por todas vezes em que eu nunca consegui te dizer como voce é maravilhosa, é que não queria te fazer chorar.

Assinado: você sabe quem

Os meus olhos se derramavam em lágrimas antes mesmo de começar a ler, não adiantava Yan me pedir para não chorar. O pranto simplesmente rolava pelo rosto, me deixando acalorada, com a cabeça constipada e dolorida. Ele deve ter demorado muito para escrever algo assim, horas ou dias. Abraço a carta como se pudesse abraçá-lo de verdade, algo que raramente fiz.

A memória volta para o dia do acidente na rodovia, o sangue na camisa de Yan, a forma que seu rosto ficou azulado; ele poderia desmaiar a qualquer momento. Um homem morto no acostamento, mas nós nem vimos ele passar. Estávamos distraídos? Impossível, estávamos apenas correndo. Yan sempre gostou de velocidade.

A carta é perigosa demais para que eu a deixe no quarto, mas não quero me desfazer dela; é a única herança deixada por ele para mim. Fico relendo até minha mãe bater na porta com violência. Ligo o aparelho, e as batidas se tornam mais altas e dolorosas misturadas aos ruídos de estática dentro dos tímpanos. Enfio a carta dentro da mochila e saio. Minha mãe está me encarando com o semblante impaciente.

Você e sua mania de desligar o aparelho. Ela se vira para ir à cozinha e ainda consigo escutá-la.

Menina estúpida, haja paciência. Mas mamãe não disse isso, sua boca está fechada. De onde a voz veio? Quando nos sentamos à mesa, ela está nos servindo. Ainda de lábios fechados, consigo ouvi-la falando dentro dos meus ouvidos: *Ele não vem almoçar de novo, deve estar com a Stephanie. Ano passado foi a Francis, cada ano é uma vagabunda diferente do escritório.* Ela deixa cair o copo de suco. Avanço para ajudar, mas mamãe grita comigo tão alto... Sinto-me zonza. Daria tudo para estar no banco do passageiro do carro que Yan está fazendo ranger na estrada agora.

Coração Partido

Wally insistia em dizer:

— A vida ainda vale a pena, Henri.

— Não sei, Wally, mordo a língua e sinto o gosto de sangue, mas a dor não existe. Quando sofria com dor era melhor, parecia real.

— Não é a primeira garota que te deixa, e não vai ser a última.

— Ela era diferente. Ariel era diferente como um uísque escocês é diferente de qualquer outra bebida vagabunda.

— Emily era diferente, assim como Eloisa foi. E teve aquela outra, Tânia? Não lembro o nome ao certo. Toda garota parece ser a única para você, e nunca é.

— Sempre é, e a dor que cada uma deixa também. Mas a dor deixada por Ariel parece algo que fica assim, flutuando. Não consigo pegar, me agarrar; fica voando para longe, sussurrando. Quero chorar por ela enquanto escuto Fitzgerald, e não choro.

Aos sábados, no Paradis, muitos jovens se reuniam para tomar drinques e ouvir o trompete de Ícaro; outros alcançavam a aurora com lágrimas nos olhos. Naquela noite, Henri compunha o grupo de jovens devastados, mas não chorava. Eu dizia a ele o mesmo que dissera em todas as outras ocasiões nas quais o rapaz esteve com o coração partido, mas não funcionava. Daquela vez, Henri se dividia mesmo em pedaços por causa de Ariel, e o curioso é eu não enxergar lágrimas.

Isso me fez pensar se a tristeza, dessas bem profundas, não seria mesmo silenciosa. Tímida, sem berros e choros. Uma espécie de véu pegajoso a acariciar e envolver os cacos do coração. Não sabia que ele amava Ariel, ela era uma garota tão volátil, mimada. Não dava para levar a sério o sentimento de ninguém por ela, já que a própria vivia tirando sarro dessas coisas.

Era desconfortável assistir Henri definhar. Não só por ser meu melhor amigo, mas porque era um cara muito gente boa e nunca fazia mal a ninguém. Henri chegava e ficava sossegado no seu canto com uma sombra de sorriso sereno nos lábios, cantarolava algumas músicas antiquadas ouvidas no Paradis. Ele sempre foi mais sensível do que todos para algumas coisas, e seu calcanhar de Aquiles eram as garotas. O rapaz não sabia ficar sozinho; estar só era uma espécie de fracasso. Precisava viver apaixonado.

Era isso, Henri era uma pessoa apaixonada. Porém, ele se apegava às garotas mais esquisitas, essas que ninguém consegue levar a sério.

Em certo ano, tratou de arranjar uma dessas meninas de programa via *webcam* e dizia que o amor dele a faria mudar. Claro que ela não mudou. Henri ficou sentado chorando no balcão do Paradis após um ano de namoro, lamentando para mim como fez naquela noite. Isso era habitual. Estranho seria se ele realmente desse certo com alguma das mulheres escolhidas. Henri parece ter sido feito para ficar pulando de galho em galho, sem encontrar um lugar para fazer ninho.

— Eu queria ter uma família com ela — ele dizia, a garrafa de cerveja intocada. Diferente das outras vezes, não tinha o ímpeto para se embebedar. — Nós iríamos morar juntos logo, ela estava só tentando convencer os pais.

— Henri, a Ariel morava com os avós. Os pais nem no país moram. Eles estão pouco se importando. Ela te enganou, disse um monte de coisas para você cair feito um patinho enquanto pagava tudo para ela.

— O amor pode matar.

Não dei importância a isso na hora. Mas quando deito a cabeça no travesseiro de madrugada, lembro do rosto de Henri sob a iluminação forte do bar, dizendo que amor pode matar. Sinto-me estranhamente inquieto.

Tento ligar para ele logo depois de acordar, mas a mãe avisa que meu amigo não voltara para casa. Vislumbro seu rosto na memória, articulando nos lábios: o amor pode matar. A frase tinha um tom lamurioso, como um acorde melancólico de guitarra.

Não consigo comer direito pela manhã, meu estômago dói. Os pensamentos me assaltam de repente, lembrando de Ariel e Henri, da relação estranha que mantinham. Henri abria a porta do carro para ela entrar, mas Ariel não permitia demonstrações públicas de afeto. Era fria, foi isso que pensei quando ele a apresentou para a turma. Os olhos da garota viviam apertados, pois ela ria à toa, como se sempre tirasse sarro de todos em volta, principalmente de Henri. "O amor pode matar", murmuro como se cantarolasse.

Depois daquela noite, nunca mais encontraria com Henri no Paradis, no trabalho ou em qualquer outro lugar.

flores e avaliando suas belezas. As azuis chamaram minha atenção, mas não pedi para vê-las de imediato; precisava checar as outras antes de me certificar da decisão. No fim das contas, paguei pelo buquê e voltei a caminhar pela calçada, segurando-o com cuidado. Sempre quis entregar flores para alguém. Pensei na tia Linda e em como ela ficaria feliz ao receber aquelas belas flores azuis.

Mas tia Linda tinha morrido há anos, só restou sua memória dentro da minha. E memórias não recebem flores, a não ser sobre a lápide bolorenta do cemitério. Ia até o apartamento de Bessie antes de voltar para minha casa e terminar de organizá-la, e então me veio a ideia de entregar aquele buquê a ela. Eu me sentia um adolescente, o que parece absurdo para um homem da minha idade e do meu tamanho.

Subo o lance de escadas até a porta de Bessie. O andar é pequeno e, ao lado da sua porta, só há mais uma; vive trancada. Ninguém deve morar ali há anos. Bato, primeiro de forma tímida, e depois com mais força. Nada. Bessie não abre, e os únicos sons que escuto são os gatos miando e derrubando alguma coisa lá dentro.

Ela não está. São sete horas da manhã, e Bessie não está saindo para abrir o bar. São sete horas da manhã depois da estranha madrugada em que ela me ligou sussurrando. Tento entrar, mas a porta continua trancada. Será que Bessie dormiu em casa? Fico me perguntando o que pode ter acontecido e caio na real acerca da garota: não a conheço o suficiente para estranhar sua ausência às sete horas da manhã de uma sexta-feira, muito menos para estar de pé na sua porta com um buquê de flores azuis.

meu café? Não sei. De repente, não tenho mais certeza de nada, me sinto traído de novo pela memória. Tranquei ou não? Alguém entrou?

Fico um pouco receoso de entrar em minha própria casa, levo um tempo até atravessar a porta. O buquê está quase espatifado nas mãos. O que eu diria a Bessie quando estendesse as flores para ela, são para alegrar seu dia?

Mas o azul morto das pétalas não poderia alegrar nada além de um túmulo. Bessie sorriria? Ficaria emocionada? Eu conseguiria fazê-la feliz com as flores? Provavelmente, Bessie iria agradecer como fazia quando algum cliente deixava gorjeta sobre a mesa, colocaria em um vaso com água e as flores estariam murchas no dia seguinte. Nada de extraordinário sairia disso. Ela poderia interpretar aquele buquê como um galanteio, logo eu que não sou dado a esses gestos. Poderia entender tudo errado e me mandar embora porque estava exausta, porque é alérgica a flores. Quantas mulheres Bessie poderia ser?

Isso tudo me passa pela cabeça enquanto estou em pé na cozinha. Não percebi quando entrei pela porta da frente. Não há ninguém em casa. Esqueci de trancar, saí de casa e deixei a porta aberta para trás. Onde estou com a cabeça?

Desde o dia do início de enfarte durante o show no Paradis, mais um parafuso se soltou na minha cabeça. Esqueço pequenas coisas e fico remoendo lembranças de um passado distante. Linda volta a invadir a mente, me sinto tragado por uma ideia vertiginosa: ela era a mulher da minha vida, e Bessie tem algo nos olhos que lembra

Linda a todo instante. O desvario, talvez, um jeito de baixar o rosto para disfarçar a tristeza, um brilho selvagem de quem é capaz de qualquer coisa.

Tinha doze anos quando experimentei uísque pela primeira vez. Nada de gelo, nada de dois dedos de água. Apenas a bebida pura descendo, queimando e torrando o estômago, fritando os tecidos do cérebro, transportando-me para outro tipo de realidade. A realidade do álcool sempre me pareceu um pouco melhor, distorcida, fluida, múltipla e sobreposta. As doses de uísque me levam a um lugar onde posso voar. Lá não existem olhos de Linda me atiçando uma comichão na alma e no corpo, ou as dúvidas sobre os comportamentos das pessoas, as ideias e impressões sobre mim. Tia Linda costumava dizer que todo povo preto é demônio, e quando tem dinheiro vira branco e santo, porque dinheiro é a aureola dos novos tempos. Lá onde o uísque me leva e me larga não existem pretos nem brancos, ou dinheiro.

Os trocados que ganho tocando no metrô só me permitem comprar uma garrafa de uísque, e não é nenhum *Old Parr* ou *Jack Daniels.* A bebida é *Black Stone,* precisa ser *Black* para ser barato e vagabundo. É assim mesmo, seguro a garrafa para afastar as lembranças da infância. Esta casa me enche de memórias já enterradas, mas o *Black Stone* vai dar seu jeitinho. Ele está me levando embora depois de atravessar a porta e voltar para a rua. Os sons ecoam confusos e distantes, formando uma melodia engraçada que faz cócegas. A gargalhada sai, inesperada. Preciso me escorar nas paredes de alguma esquina sem nome. Meu esqueleto chacoalha na dança da comicidade que é minha vida.

Sigo adiante pelas ruas, e a garrafa de uísque me acompanha, presa na mão. Faltam uns goles e posso jogá-la fora ou continuar caminhando com ela vazia. A gente escorrega para dentro da garrafa sem perceber, sem se dar conta de que faz isso para fugir e ficar lá dentro espremido e amarrotado, flutuando nesse outro lugar feito de embriaguez e memórias ruins.

Nem todas as recordações são ruins, acho que é mais o jeito que elas nos fazem sentir, a forma como lembramos delas. Tudo é meio confuso, tudo parece mentira. Não sei se beijei Linda atrás de casa quando completei quinze anos; ela estendia a roupa de cama branca, e eu olhava a bunda no vestido apertado. Linda tinha mesmo me chamado com o dedo e me dado um beijo na boca? *Um beijo na boca nem sempre é certo,* foi o que pensei, principalmente quando é Linda a dona da boca alheia. Ela vivia cheirando à cebola.

Martelei aquilo por doze meses enquanto as estações passavam. Linda sempre estendia as roupas nos mesmos dias e horários, e eu ficava esperando lá perto, sobre o banco da bicicleta, aguardando ela erguer o dedo de novo e eu me deslocar, meio sonâmbulo e bêbado. Beijaria de novo e de novo até minha boca cair em pedaços como aconteceu com nosso vizinho que tinha uma doença responsável por fazê-lo perder os pedaços do corpo. Tia Linda dizia ser castigo por não ter se cuidado de forma correta. *O homem deveria ter beijado bocas erradas,* pensava eu, e temia ver meus lábios caindo. Eles ardiam às vezes, mas depois descobri que era de anseio pelo beijo da tia Linda. A gente pode perder os pedaços de tanto desejo, foi isso que senti durante o resto da juventude. Hoje não sei direito se essa lembrança é real ou inventada.

A avenida segue movimentada, e as buzinas parecem ruídos de pássaros jurássicos. A garrafa de *Black Stone* esvaziou há tempos, mas continuo levando-a comigo. Reluto em abandonar coisas vazias: de alguma forma, elas me preenchem. A garrafa preenche minha mão, e ela não precisa buscar desesperadamente alguma parede para se escorar. Nunca sei o que fazer com as mãos na presença de mulheres fortes como Bessie. E ela voltou aos pensamentos, lembro que não estava em casa. Onde ela deve ter ido? Será que dormiu depois de eu sair na madrugada? Ela estava sonhando coisas ruins, deve ser o olho de vidro. Pobre Bessie... Lembro das flores azuis espatifadas no chão da minha cozinha e fico pensando se Bessie não jaz espatifada em algum lugar, chorando sozinha. *Pobre Bessie,* sussurro para mim mesmo com muita pena dela e de mim, de Linda e de todas as pessoas jogadas nesse mundo cruel, presas a memórias inventadas e tristes.

Devo ser como a última música no fim de noite do Paradis, no qual bêbados dormem nas mesas e Bessie recolhe os pratos. Todos cansados. A música, ninguém ouve, mas ela segue tocando. Daria tudo para entrar dentro do meu trompete e lá viver como uma partícula sonora. O carro passa voando! Um carro-pássaro ruidoso. Por Deus, os seres humanos e suas máquinas, é muito barulho e pouca música.

As luzes se apagam

Minha existência se resume ao nome, Bessie. Quando penso nele, não quer dizer nada. *Sou a Bessie,* penso deitada no sofá, encarando o teto cheio de manchas de infiltração. Não quero ser apenas um nome que me deram sem eu ser capaz de opinar sobre ele. Não quero ser eu, estou me separando de mim nesta manhã sem sol. Tento me levantar. Os gatos miam sem parar, esperam que eu coloque o leite nas tigelas, misturado com grãos da ração. Pobres bichinhos, eles também não querem se resumir ao leite consumido, mas não passam disso: leite, ração, caixa de areia e sonolências.

Não consigo me mover, me sinto pesada. Lembro da última vez que estive de ressaca, e foi assim: o corpo não atendia aos comandos do cérebro. Na última bebedeira, não passava de uma jovem iludida acreditando em um futuro brilhante pela frente. Mas não existe futuro, somos apenas a soma de erros do passado se estendendo num presente incerto, selvagem e descontrolado. O futuro é uma ilusão de ótica.

Minha visão parcial me permite ver apenas parte do teto. Viro o rosto e enxergo o olho de vidro ao meu lado na mesinha do telefone. O olho reflete algo no seu interior. Sei o que é e não me interesso em continuar revendo os fatos passados da minha existência enquanto Bessie. Quero esquecer que existo, mas tenho um nome e uma personalidade. Fecho os olhos, um deles é murcho. Como a falta do olho me incomoda em manhãs feias como essa em que parecer perfeita seria muito excitante e ajudaria o corpo a levantar.

O ruído do telefone toca, quebrando os pensamentos em mil caquinhos de vidro. Quase posso ouvir os estilhaços indo em todas as direções e acertando os gatos. Pensamentos atingem a prateleira de enfeites na sala, derrubam os discos ao lado do toca-discos, racham o espelho. Eles são pedras voando desgovernadas, mas suspensas pelo telefone; assentam, trêmulas, e aguardam para continuar em sua rotação pesada.

— Alô? — Quase não consigo esticar a mão para o aparelho, foi um esforço e tanto atendê-lo.

Do outro da linha, a respiração ecoa sem nenhum contato. De novo a pessoa fica muda, não estou no clima. Não quero ser importunada, estou prestes a colocar o fone no gancho quando escuto algo baixinho feito um sussurro:

— Bessie?

A voz. É ele! Quase grito para mim mesma e, num rompante, me sento no sofá. Pressiono o telefone contra o ouvido como se quisesse enfiá-lo dentro da cabeça.

— É você? — Estou prestes a chorar.

É ele! Ele me encontrou, descobriu meu número, está do outro lado da linha. O homem do beco, que amassou meu olho com irritação. Não posso acreditar. Estou tremendo da cabeça aos pés, invadida por emoções estranhas. As paredes da sala são de um azul-acinzentado capaz de refletir a luz fraca do dia. Começo a derramar lágrimas e deixo o pensamento viajar por um instante ao pensar que choro a tinta da parede da sala.

— É você? — Estou quase de pé, o corpo reanimado. Raiva, pavor, surpresa: tudo se mistura, fazendo a náusea se instalar no corpo. Não se restringe a bagunçar o estômago, mas também o cérebro, porque ele está vertiginoso, me levando a girar mesmo parada.

— Oh, sim — a voz confirma, envolvida por uma lufada de respiração forte. — Eu sinto muito, eu sinto muito. — Ela é chiada.

— Você... Você... — Não sei mais falar, minha língua está dormente e inchada, me deixa sem ar ao sufocar a garganta.

— Você arruinou minha vida, e também sinto muito.

Percebo que é o choro engasgado o responsável pela sensação de sufocamento: a língua não está inchada, mas a boca bebe as lágrimas salgadas e não consegue articular palavras. Meu rosto está todo contraído de dor, não física, e sim mental. Ela paralisa tudo; é impossível de suportar, não há remédio. Estou convulsionando, e o fone desliza da mão. A voz continua respirando e repetindo "Sinto muito".

Ar. Ar é tudo o que preciso. Estou enterrada dentro do choro, não lembro como são os movimentos de inspirar e expirar. A garganta está prestes a expelir um bolo denso de tristeza, como meus gatos colocam para fora o de pelos. A tosse que me atinge é seca, apenas uma sombra de tosse. Não há nada para expelir porque a tristeza não existe enquanto matéria, embora pese mais de uma tonelada e meia de concreto, esmagando o tórax.

Lanço o corpo na direção da varanda e me agarro ao parapeito, a boca aberta em busca do ar como um peixe suspenso por tempo demais fora da água. Por Deus! Se o Senhor estiver atento a mim neste momento, a pobre novilha incrédula pede ajuda como nunca. Levanto os olhos para o céu cinza: a lua é azul e reflete a face de Deus. Ele é a lua. Pela boca aberta em desespero entra uma rajada de ar que me faz respirar de novo. A manhã chega trazendo uma Lua-deusa, e me pergunto se o Sol não aparecerá. Eles orbitam separados. O que está acontecendo comigo? As mãos desmancham na parca luminosidade do dia que não parece dia, e sim uma noite branca.

Os gatos miando pela sala me trazem de volta à realidade. Olho para eles caminhando meio perdidos e famintos e vejo a porta do cômodo aberta. Ele está parado perto do meu sofá, segurando o gancho do telefone, me encarando com seus olhos frios e gelatinosos. *Sinto muito,* volta a repetir numa rouquidão exasperante. Caio fora de mim, as luzes se apagam.

No meio da estrada

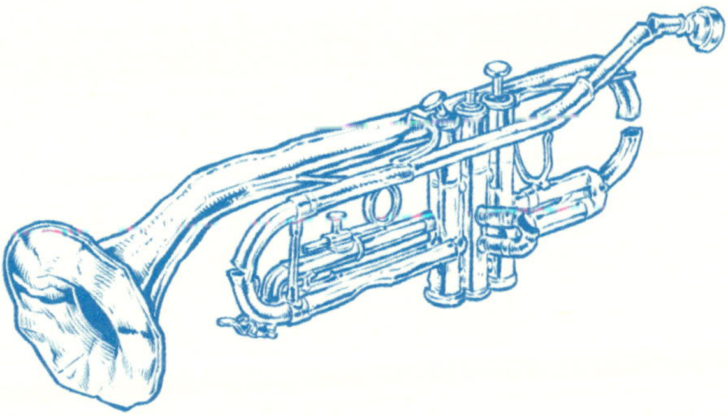

A solidão me leva para o meio da rodovia sob o efeito do álcool. Ela me conduziu a lugares sombrios durante toda a vida. Se bebo é porque não posso me preencher de outra maneira. O vácuo é tão grande! Nem toda bebida do mundo iria enchê-lo.

O carro passa voando, parece com a bocarra de um monstro.

Lembro-me da primeira música que aprendi a tocar no trompete. Algo de Coltrane. Quando olho para o céu, vejo meu corpo deslocado da cabeça porque ela está sobrevoando o mundo todo, e ele é azul.

É mais uma viagem por causa do uísque. Amanhã acordo na cama, onde o teto não é feito dessas nuvens branquinhas de algodão. É difícil separar o real do imaginário depois de certo período. Principalmente quando se passa tempo demais acreditando em ilusões.

Olho para a rodovia lá embaixo, vazia e sem movimento àquela hora. Por um momento, me lembro das flores azuis que queria entregar a Bessie. Fui até sua casa e não a encontrei. Não sei identificar o porquê da relevância disso justo no momento em que sobrevoo o mundo para lá e para cá, leve como uma pluma e livre de todo peso de uma existência medíocre e preguiçosa. Liberdade é o nome da sensação. Quem tem asas vai além do horizonte.

Quando era criança e ouvíamos Mile Davis, essa sensação de voar me arrebatava. O som me transportava para um lugar distante de casa e da própria cabeça. Posso dizer com toda a plenitude necessária: aqueles breves minutos, nos quais a música rolava, eram os únicos momentos em que me sentia feliz. Porque, ao fechar os olhos, alcançava o espaço onde limites de tempo não existem. Flutuava para além de tudo o que há.

Assim, minha cabeça sobrevoa a casa da tia Linda de novo, posso vê-la estendendo roupas no varal, o corpo roliço e malemolente se balançando para lá e para cá enquanto cantarola. E meu desejo de ser seu homem quando pudesse expandindo em meu peito. Ela se mistura à imagem de Bessie sem um dos olhos. E toda minha vida vista assim, de cima, se torna apenas um monte de lembranças insignificantes e bobas capazes de colocar um sorriso no meu rosto. Fui feliz em momentos específicos e, por isso, tudo valeu a pena.

Agora tento retornar ao corpo. Ele não existe mais. Abro bem os olhos para despertar do sonho alcoólico; não desperto. Não há mais matéria para a qual voltar. Lá embaixo, no meio da estrada, o rastro de sangue me guia até o corpo desleixado e escondido sob galhos no acostamento da rodovia.

Se pudesse chorar, as lágrimas teriam gosto de uísque, mas apenas solto uma gargalhada vibrante e volto a rodopiar através dos sons do trompete de um *blues* antigo. Ele fala sobre um garoto perdido no submundo sombrio, onde precisa ganhar alguns trocados vendendo bugigangas ilegais. Eu poderia ser o garoto, mas nunca me senti tão perdido quanto na vida de agora, adulta e mofada pelas beiradas, devorando tudo feito traças de desesperança.

O vácuo no qual me derramo me faz parecer um pouco com o céu azul e com todas as notas de *blues* decoradas durante a vida. Penso, neste momento, que a morte é mais uma forma de viver na contramão da estrada. Enquanto os faróis vêm em nossa direção, estamos apenas caminhando ao contrário, para um lugar onde os olhos de todos não possam nos achar. Apesar de flutuar pelo ar, me sinto bem escondido no véu separando meu mundo do de Bessie. Penso nela de novo porque tudo faz sentido agora, inclusive a paixão pela garçonete do Paradis. Descobri tarde o sentimento, mas nunca sabemos quão tarde é até o tempo passar, e chegar, e arrebentar sua cabeça. Ela flutuará pelas trilhas do universo. A maior parte de nossa vida é dedicada às picuinhas, como tia Linda costumava falar. *São picuinhas que não levam a nada além de mais picuinhas.*

Se pudessem se sentir como eu agora, iriam ver que morrer nem sempre significa o fim, não. Se tivesse a chance de voltar ao mundo e dizer a todos para aproveitar o pouco tempo restante sem picuinhas, o faria! Mas como é solitária a vida de uma alma, como é triste não poder ouvir e ser ouvido. O silêncio cobre tudo, a sensação de liberdade logo se torna um peso, correntes que arrasto pela rodovia. Triste e pesado, lembro das notas do meu *blues* preferido preso nesse sonho de estar flutuando no indefinível estado de quase morte e quase vida.

Wally, poeta

Acho que passei tempo demais pensando no Henri, o suficiente para me levar à poesia. Os primeiros versos surgiram numa noite de chuva intensa, arrancados de algum lugar inóspito dentro wde mim. Nunca fui leitor de poesia, mal sei ler. Mas isso não me impediu de escrever os versos para o funeral do Henri. Queria falar sobre ele, e acabou se tornando poesia.

Quando terminei de escrever e reli os versos sussurrados diante do espelho, muita coisa ali parecia ter sido escrita pelo próprio Henri. Era como se grande parte da sua essência estivesse nas palavras escritas. Ele era o homenageado, e sua presença de espírito havia me marcado definitivamente.

"O amor pode matar", foi o que Henri tinha dito na última vez que nos encontramos. A frase ficou girando e girando na minha cabeça como se prenunciasse algo. Não podia imaginar que Henri fosse desistir da vida. O fato é: a decisão não partia de seus malfadados casos amorosos, era algo mais de dentro. Um buraco no Henri, sem conserto, que ele tentava preencher com mulheres e sonhos apaixonados.

Não fui ao funeral e não levei a poesia. Era algo meu e de Henri, e a partir do momento que mostrasse aquilo às pessoas, deixaria de ser um segredo. Iria se tornar algo banal, despejado nos ouvidos de todos, e poucos se importariam com o peso das palavras.

A maioria dos espíritos na Terra não está preparada para poesia. O meu sempre esteve, mesmo que nunca tenha sido um leitor dedicado. Sempre senti as vibrações em volta, a forma como os outros viviam suas vidas; era quase como se fizessem parte da minha própria alma. Absorvi tudo ao redor como uma esponja, e a única forma que encontrei de desaguar todos os sentimentos me amarrotando foi escrevendo.

O primeiro poema foi para Henri, algo instintivo. Cheio de erros, é claro. Talvez uma aberração literária capaz de escandalizar os verdadeiros letrados. Porém, era uma coisa vinda do coração, que nunca se importou com normas de escrita.

Depois de Henri, a poesia se instalou em minha vida como um grito de socorro, uma tábua de salvação, uma boia jogada ao náufrago. Escrevo porque não consigo falar sobre o que sinto, e nem tudo que sinto é meu. Às vezes, os sentimentos parecem apenas projeções numa caverna: não nos pertencem, são criados por forças externas.

Henri foi uma pessoa marcante na vida, talvez por ter estourado os miolos com a arma exposta pelo pai no escritório. Não imaginávamos que a carabina ainda funcionava. Quando passávamos pelo escritório, Henri comentava que era apenas uma relíquia, algo deixado pelo avô amante da caça, herança de família. Naquela noite, funcionou como se estivesse ali exibida apenas para instigar Henri a usá-la de alguma forma. Porque o amor pode se tornar o cano de uma velha carabina carregada, apontada para sua cabeça, esperando pelo dedo no gatilho.

Durante a vida, tive muitos bons amigos, mas nenhum como Henri. Descobri que ele era o melhor dentre os melhores depois de sua morte. Sua ausência me impactou de uma maneira jamais imaginada. Às vezes, quase via Henri entrando pela porta do Paradis com um sorriso meio tímido no rosto, aproximando do balcão e sentando-se ao meu lado. Ele respirava fundo depois de pedir a cerveja, e eu sabia que iniciariam as lamentações. Nunca pensei em Henri morto: ele gostava da vida. Não dá para imaginar o que acontece no coração dos outros.

"Eu poderia ir embora amanhã,
Mas não tenho nenhum trocado.
Quando pude fugir, não tive coragem,
Porque ela estava deitada ao meu lado
Com réstias da luz do sol nascente nos cabelos
Azuis.
Outras vieram e se foram,

Mas a garota que amei permaneceu.
Seu nome era Blue,
Chamei-a, então, de
Blue Blues, um sussurro da lua
Em noites nas quais as lágrimas parecem azuis.
Blue Blues silenciou o coração de um homem
Depois que flores do funeral se espalharam
Sobre seu caixão."

Todas as emoções que senti vieram de outras pessoas, como se meu coração pulsasse a partir de artérias alheias. Henri me deixou como herança a paixão violenta pela vida, e só posso deixá-la registrada através das palavras tortas e mal escritas dos meus poemas tolos.

Às vezes, quando o dia parece muito pesado, quase posso sentir as lágrimas das pessoas rolando pelo próprio rosto. Nunca tive alma própria: a minha é uma espécie de colcha de retalhos feito dos pedaços de sentimentos de outros indivíduos à minha volta.

Gaia desperta

Amanhã vai ser tarde. O sol pode até não estar mais queimando. Tudo isso me escapa: o calor, a luz e o fogo. Desde que li a carta de Yan, algo dentro de mim se dispersou e espalhou os ruídos dos pensamentos de todos dentro da minha cabeça. Meus ouvidos, que nunca funcionaram direito, agora decifram e traduzem as palavras não emitidas através das vozes.

Mamãe está triste, apesar de fingir os sorrisos para meu pai durante as refeições. Papai tem uma amante presente em seus pensamentos, dominando sua mente e sugando parte de sua energia. Ele está pensando nas formas de enganar mamãe enquanto estiver viajando com a amante para nosso chalé da serra. Ele usa a casa de verão da família para os encontros. Talvez por isso nunca mais viajamos para lá.

Meus pais se xingam mentalmente; um não tolera mais a presença do outro, mas continuam trocando sorrisos plásticos. Não consigo entender o que pensam quando estamos à mesa. Tudo se funde numa barulheira infernal que me faz largar os talhares e sair correndo para o quarto.

Os ecos dos pensamentos dos outros embaralham minha cabeça. Não consigo frequentar a escola: fujo para algum parque solitário do outro lado da cidade, onde os pensamentos não me alcançam.

O que há comigo, afinal? O mundo à volta se tornou essa sinfonia atordoante de pensamentos cruzados e desconexos. Quando entro no ônibus, tenho vontade de furar os ouvidos. Sem o aparelho auditivo, ainda posso escutá-los.

É o caos, ele está dentro da minha cabeça.

Sinto falta do silêncio absoluto e, em algumas noites, sinto falta de Yan me esperando atrás do pátio da escola.

Não existe mais Yan, os carros antiquados e o topete cheiroso; não há mais paz do silêncio e palavras surdas. Não posso sequer ouvir as fitas de *blues* gravadas por ele para mim. Outros ruídos dolorosos me alcançam como som de sussurros fantasmas.

Dor e pânico. Arrependimentos e mágoas. As pessoas mortas gritam na minha cabeça, e lembro toda noite do homem morto na rodovia. Cambaleando até o acostamento e ali caindo em sangue, Yan escreveu sobre isso e fugiu.

São tantas vozes sem rostos, qual será a dele? O que está acontecendo comigo?

Durante três dias, fiquei deitada com o travesseiro sobre a cabeça, pressionando para abafar os sons. Mamãe veio e bateu na porta, mas a única coisa que pude decifrar foram seus pensamentos. Mergulhei no subconsciente dela, seja lá o que isso for:

Gaia deve estar doente. Ela vive doente. Não sei onde estava com a cabeça em relação à sua adoção, a esse casamento. Minha vida poderia ser diferente agora... se não fossem esses dois.

Queria ter voz para poder gritar, mandá-la embora e levar seus pensamentos dolorosos juntos, mas não consigo abrir a boca para falar. Não consigo mover um músculo enquanto permaneço deitada, escutando uma série de palavras retumbar na cabeça. Mamãe se afasta da porta e não volta mais durante aquele dia.

Saio do quarto depois de tomar remédio para dor de cabeça. Na cozinha, mamãe mexe os lábios. Ouço seus pensamentos nervosos na direção de papai e da amante. Por Deus, ela não para de pensar a respeito disso! Talvez isso seja o que Yan me dizia sobre pessoas obsessivas: não param de refletir sobre as mesmas coisas o tempo inteiro.

Não dou a mínima para ela. Conheço a verdade por trás de cada pensamento, sinto amargura e raiva. Quero ir embora e abandonar o barulho, os sorrisos fáceis e fingidos. A casa falsificada e a vida de mentiras.

Sopro o café e observo o vapor subindo da xícara. Mamãe está sentada, a boca ocupada com pedaços de pão molhados no café. Ela não diz nada, apenas sua cabeça continua matraqueando sobre a infidelidade do marido e o erro que foi minha adoção. Ela levanta os olhos para mim e dá um sorriso falso. Em outros tempos, eu interpretaria como carinho.

Deixo a mesa com o estômago revirado e a cabeça atordoada. Não deveríamos conhecer certas verdades, tudo deveria permanecer soterrado na cabeça, nesse lugar fundo da alma das pessoas.

Caminho sem rumo, quero apenas me afastar de casa. À medida que encontro pessoas pelas ruas, capto seus pensamentos murmurantes. Mil e um problemas, desejos, arrependimentos e dores. Como as pessoas sofrem! Grito na minha cabeça e a sacudo feito uma lunática. *Ah, se o Yan me visse agora,* penso. Mas nem sei mais se as divagações são minhas mesmo ou parte do que está passando na cabeça dos outros pelas ruas.

Paro a caminhada em frente ao Paradis. Ele está fechado, com uma placa na qual se lê "vende-se". Aproximo-me até ver o reflexo nos vidros do lugar onde ficavam as mesas. Está empoeirado e feio lá dentro. Recordo como se fosse ontem o dia em que me sentei com Yan neste lugar enquanto escutávamos *blues* e ele tomava drinques baratos, sempre tentando me obrigar a trocar os *milk-shakes* por batidas alcoólicas. Arrependo-me por não ter experimentado. Tudo o que fiz para me manter na linha feito uma boba foi por causa de mamãe, e agora ela não significa mais nada para mim. Lembro-me da garçonete Bessie servindo as mesas e dos músicos tocando durante as noites do fim de semana.

Para onde todos vão quando tudo acaba?

Fico assim, o rosto colado no vidro do bar abandonado. *O que essa moça está fazendo ali?* O pensamento chegou antes do toque no meu ombro. Quando me virei, era um policial. Ele perguntou se eu estava bem, e eu balancei a cabeça em sinal positivo.

— Você atravessou a rua meio aérea. Achei que estava perdida.

No reflexo do vidro, meu rosto parece azulado, coberto por uma expressão de assombro, mas não sei do que estou com medo. É como se uma mão invisível apertasse meu coração.

Digo em sinais "está tudo bem", e o policial entende. Não move os lábios, mas escuto sua cabeça tagarelando: *Daqui dois meses tiro as férias que estou adiando, preciso aguentar um pouco mais desse trabalho de merda.*

Agradeço o homem e saio sem olhar para trás. O mundo continua barulhento. Corro até o local onde Yan me esperava depois da aula, pois sei que está vazio a essa hora e porque tenho a esperança estúpida de encontrá-lo lá, sentado atrás do volante de um carro bonito.

Quando chego no terreno atrás da escola, vejo as mesmas árvores de sempre sacudindo ao sabor da brisa úmida. Está prestes a começar a temporada das chuvas, as plantas ficam alegres e sussurram. Escuto vozes mortas? Sento num banco de cimento depredado, coloco as mãos sobre os joelhos. A apreensão cresce e toma conta de mim. Estou presa em algo e não sei o que é, imobilizada.

Visito os lugares nos quais costumava passear com Yan e me descubro sozinha. A solidão me atinge feito trem desgovernado. Sempre tive a certeza de estar só no mundo, mas o fato nunca me incomodou tanto quanto agora. O reflexo no espelho do banheiro revela uma face estranha. Não me reconheço, ela está diferente de como me sinto.

— O que uma garota como você está fazendo aí? — pergunto ao espelho.

O reflexo sorri, mas tem os olhos lacrimejantes. O sorriso da Gaia no reflexo expande em uma quase gargalhada. Ela deve debochar do meu estado de espírito. Lembro-me de mamãe quando acorda reclamando de seu péssimo estado de espírito. Entendo-a bem: me sinto como um saco de pele e ossos prestes a explodir. Da explosão, não sairia nada além de vento. O vazio me transborda em lágrimas salgadas e quentes.

Não sei como e nem quando comecei a escutar os pensamentos à minha volta. Desde então, o mundo se tornou um lugar barulhento e horrível. Apesar de nascer com certa limitação, a surdez não era absoluta: com a ajuda dos aparelhos, conseguia escutar as fitas de *blues* que Yan me dava, pelo menos. Decifrava as palavras das pessoas. Agora, escuto até o que não existe.

Conheci o arrependimento secreto de minha mãe por ter adotado uma criança deficiente. Mergulhei na personalidade sombria do meu pai, que mantém amantes e nos engana o tempo inteiro. Os podres da vida se apresentam aos ouvidos em chiados. Mas nada é tão doloroso quanto andar pelas ruas e escutar as vozes daqueles que não estão mais aqui.

Através do pensamento de mamãe, escuto a voz secreta durante o café-da-manhã repetindo uma nota mental sobre me levar ao psiquiatra. Eles notam que não sou normal, mas quem de fato é?

Sento na beira da cama e enxugo as lágrimas, esmagada pela autopiedade. O sol do fim de tarde entra pela fresta da janela, deixando o quarto mergulhado num laranja doentio. A réstia de luz ilumina os pôsteres pelo cômodo: James Dean encostado no carro retrô e antiquado, como eram os carros nos quais Yan me buscava na escola. Por que seu topete cheiroso se parece tanto com o de Yan? Em outro, a lembrança antiga de uma apresentação do trompetista Ícaro e sua banda no falido Paradis. Ele segura o instrumento e está com o rosto de bochechas cheias ao tocar. Sempre gostei da forma como Ícaro se entregava ao poder do instrumento. Parecia que os dois se fundiam numa coisa só, um homem-trompete cintilante. As lágrimas continuam caindo. Bessie foi uma modelo de relativo sucesso até começar a atender no Paradis como garçonete, e o menor dos pôsteres é uma de suas únicas campanhas.

O rosto simétrico e distinto ainda não era marcado pelo olho-de-vidro. Tentei imitar seu penteado *vintage* dos anos 60. Uma mulher muito bonita. Todos os três mortos.

Minha mãe está atrás da porta, sei disso antes que ela dê as três batidinhas habituais.

Isso não será fácil, ela diz dentro da cabeça. Entra com um sorriso apaziguador no rosto.

— Gaia, querida, precisamos muito conversar... Está de aparelhos? — Mamãe gesticula de forma automática.

Quero dizer que não precisamos conversar, posso ouvir cada murmúrio do seu inconsciente, mas ligo os aparelhos mesmo assim e a observo sentar à minha frente segurando um envelope.

— Querida, precisamos comparecer à delegacia.

Papai tinha dois carros, um para trabalhar e outro que era seu xodó. Mamãe está me falando sobre responsabilidade, mas presto atenção às palavras de sua cabeça:

...e você pegou a porra do carro do seu pai sem que ninguém visse, como sempre fez, depois da aula e simplesmente atropelou um homem. Não satisfeita, *o deixou sangrando no acostamento. Que tipo de problema você tem?*

Desligo os aparelhos. Como posso parar de ouvi-la? Sempre fui obediente, sempre acreditei nas palavras doces dessa mulher, mas quando se conhece o âmago do ser humano... é triste. Pego a intimação de sua mão e saio do quarto.

Mamãe não vem atrás de mim porque está tentando ordenar os pensamentos. Caminho para fora de casa e atravesso o quarteirão até o fim que desemboca na avenida movimentada onde antes ficava o Paradis. Era um bar badalado dos anos 60, seria impossível frequentá-lo e tomar *milk-shakes* com o meu Yan-James-Dean. Nada parece real. Ando em nuvens.

Paro no meio da calçada e olho para onde morava Bessie num conjunto de apartamentos demolido há anos. Nada existe, nada além do peso da melancolia no meu peito e do velho trompetista atropelado feito animal numa rodovia.

Avanço mais um pouco. No fim da rua, ficava o antigo bar. Algo me atrai até lá, uma curiosidade sobre uma coisa nunca vivido, uma nostalgia. Meus pés se movem sem que eu tenha controle. Ao chegar perto, observo meu reflexo nos vidros rachados, o rosto fissurado em várias partes.

Cada uma dessas partes corresponde às vozes que trago nos ouvidos. O *blues* como plano de fundo, entoando a vida de cada pessoa. Depois que Yan se foi, abriu espaço para outro eco. Por trás do reflexo, observo a silhueta do homem atrás de mim. Ele não é tão bonito quanto Yan, mas é alto. Tem um olhar perdido.

A imagem se torna mais nítida. Observo o sorriso tímido se formar no rosto triste. Os olhos cintilam cheios de vida. É o brilho vital nos olhos das pessoas que as torna reais.

— Garota, vamos embora?

Ele toca meu braço. Seu nome é Wally e está pensando em si mesmo como Wally, o poeta maldito, ou algo do tipo. Os dedos entrelaçam-se aos meus, não consigo parar de encarar seu rosto. Caminhamos na direção da avenida, na qual os carros passam na velocidade ininterrupta daqueles que não gostam de perder tempo. Ficamos ali no meio, entregues ao mundo sem sons. O único ruído é o da nossa respiração.

— Yan?

Vejo o formato do rosto de Yan, o topete, misturado também aos olhos de Ícaro, e Bessie com seu olhar fixo. Tudo explode numa miríade de rostos se alternando.

Wally me encara, e seu sorriso amplo ilumina a face como um sol. É a verdade do mundo.

— Não. Você sabe, agora me chamo Wally e vou escrever sobre sua morte.

Ao longe, escuto os gritos de mamãe em ondas de baixa frequência. Gaia... Gaia, acorda! Flutuo para longe. Lá embaixo, enxergo a avenida movimentada como sempre foi às seis da tarde. Mamãe está abraçando o corpo azul manchado de vermelho, desconjuntado. Olho para outro lado da avenida e percebo Wally desvanecendo entre os carros. E tenho a certeza de que nos veremos outra vez.

AGRADECIMENTOS

Agradeço a Thais e ao Leandro, por abraçarem essa história e tratá-la com tanto carinho, tornando possível eternizá-la em livro físico. À minha amiga Daniella Salamão, que nunca deixa a imaginação secar. Aos amigos Lucas Alves, que me incentivou a escrever esta história desde o início; Victor Miranda, que a elegeu como sua leitura favorita; e Alex Campelo, que deu vida à história através da trilha sonora. Agradeço a você, leitor(a), por aceitar viajar comigo nas mais loucas experiências literárias.

LARISSA PRADO

Larissa Prado nasceu na cidade de Goiânia no fim dos anos 1980. Sempre foi apaixonada por terror e pelas histórias insólitas. Escreve ficção especulativa há oito anos. Suas principais influências na literatura são escritores como Edgar Allan Poe, Franz Kafka e Robert W. Chambers. A primeira obra que a fez se apaixonar pelo gênero foi O monstro de Frankenstein, de Mary Shelley. Em seus escritos, explora o absurdo da existência humana. Foi ganhadora de dois prêmios literários da Aberst nos anos de 2019 e 2021. Escreve por paixão, encontrou na literatura a melhor maneira para expressar-se.

Izyncor

grafica viena

1ª edição Março de 2023
Papel do miolo Polén Bold 90g
Tipografia Centaur 12pt